生きてきたことの「証《あかし》」

「個」としての強さと弱さ

見間賢一
MIMA Kenichi

文芸社

はじめに

私は昨年『なんのために生きるのか　異母兄弟による家族破壊』（文芸社刊）というタイトルで出版した。簡潔に申し上げれば、私の亡き母は戦死した夫との間に生まれた連れ子（女の子一人）を帯同し、M家に後妻に入った。この時、すでに亡き父の先妻は病死していたからだ。そして、私の亡き母は先妻の子五人（兄三人と姉二人）に限りない愛情を捧げ、育て上げた。しかし、なぜか、裏切られるという結果となった。このような結末を迎えなければならなかった私の亡き母に捧げる鎮魂の「家族物語」でもある。

この書籍を踏まえて、本書はこれまで「生きてきたことの『証』」として、前著に応えるべくまとめたものである。また、「証《あかし》」という意味からも、本書は「確かなよりどころを明らかにする」ことにある。

そして、そのよりどころは、あらゆる「個」としての人格の強さと弱さなどによって構成され、更に、私は「家族」という共同組織体が幾重にも織りなし、かつ日々の生活の基盤となっていることに辿り着き、覚醒したものである。

よって、私たち家族が様々な要因や体験などを通して得た「生きてきたことの証」というものについて敷衍《ふえん》していくものである。

本書は、これまで「生きてきたことの『証』」というテーマを、六点の観点から考えてみたいと思う。

目次

はじめに　3
第一章　四季の変化における生き方　7
第二章　「喜怒哀楽」としての生き方　37
第三章　静的と動的な生き方　ネガティブ志向とポジティブ志向　57
第四章　勝ち組、負け組の生き方　69
第五章　一歩先を読む生き方　77

第六章　想定外を「仮定」した
リスクマネジメントとしての持続可能な生き方　81

終　章　107

参考文献　121

おわりに　124

第一章　四季の変化における生き方

春

「春」と言えば、色とりどりの花（特に万葉の昔から、梅の花をはじめ桜の花を愛でる習慣があるといわれている）が咲き、わたくしたちを和ませてくれる季節でもある。また、眩いばかりの大小の樹木の新緑は、わたくしたちの心を癒してくれる。

一方、わたくしたちの生活においても、入学式・入社式・転勤など、新年度の始まりであり、「個」としてもそれぞれの目標に向かってスタートする貴重な季節でもある。

私は毎年、「春」が巡ってくるたびに、一番印象的なものは、あらゆる植物が厳しい冬の「寒さ」を乗り越え、カラフルな花を咲かせる生命力である。大変感銘を受けている。また、人為的に植えた球根を含めて、種子から発芽した多くの草花などは、この春を迎えて見事に私たちを楽しませてくれる。正に、その光景は、わたくしたちに勇気と感動を与えてくれる瞬間でもある。ありがとう!!　と感謝の気持ちでいっぱいになる。

しかし、人為的に植えられ、あるいは、種子を播いた中でも、全部が全部発芽するものではなく、何らかの影響により根腐れし、また、発芽してこないものもある。このように、一部消滅してしまうことは、球根または種子そのものの内的要因によるものなのか、それとも、外的・人為的要因（特に、温度差、多様な種類の害虫、過度な水のやり過ぎなど）によるものかは、私には、その原因追及は荷が重い。それでも、厳しい冬を乗り越え、無事に春を迎え、わたくしたちに感動と勇気を与えてくれる球根や種子群には感謝したい。また、春の季節を迎える時、これらの瞬間がわくわくして堪らないと、常々思うのである。

私は、これらの植物が奏でる「生命力」を通して、「春」は人間としての成長の第一歩が始まる、「個」としても貴重なスタート地点に立たされている季節とも思えてならない。このスタートラインに立ち、如何に躓くこともなく、スムーズにダッシュできるかによって、「個」の集合体としての、「家族」そのものの真価が問われるといっても、過言ではないと思えてならない。よって、私には「春」を生きることの根底には、「挑戦」とか、個々の描いている「夢」への実現という言葉が相応しいと思えてならない。また、「一陽来復」の格言が相応しい季節と言える。

夏

次に、「夏」と言えば、近年は気候変動による温暖化の影響により、「猛暑」「酷暑」の領域以上の暑さの到来でもある。このように日本の四季を通して、地球温暖化による気候変動は、内外を問わず、過日のような「暑さ」とは極端に異なる季節を体感することになった。これらの現象は老若男女を問わず、わたくしたちの日々の生活のリズムに狂いを生じさせることは間違いない事実でもある。

また、植物に目を転ずれば、あまりの暑さにより、植物そのものの「生命力」に多大なる影響を与えている。その現象により一部には急速に枯渇し、ぐったりと首を垂れる姿には、「悲鳴」そのものが聞こえてくる。

しかし、あの真夏の澄み渡った大空に向けて咲く「向日葵《ひまわり》」の花は、これらの猛暑にも「凛」として咲く花でもある。反面、咲き終えて頭を垂れた向日葵の、夏の厳しい暑さに耐えたその光景には、どことなくいつも「寂しさ」も感じるのである。それらは、弱き者への「勇気」を勝ち取るためのメッセージとも思える。また、聞くところによれば、正に、このメッセージは、過日私が目指していた法曹界の中での「弁護士バッジ」のデザインに「天秤」に「向日葵」がアレンジされているのは、「弱き者」の味方としての正義の実現に相応しいものと思う。

これらの現象は、恒常的な早朝ジョギングを通じて、日々体感する光景でもある。よって、この夏の季節の〝暑さ〟の現実を直視する以外、最善の方法は見出しにくいのだろうかと、いつも不安が過るところでもある。

ところで、私の子どもの頃の夏に思いを馳せれば、泥んこになって、川や山野を縦横無尽に走り回った。そして、様々な昆虫（セミ、トンボ、チョウ、カマキリ、イナゴ、バッタ、カブトムシなど枚挙にいとまがないほど）を捕り、標本にしては、学校の課題に奔走した懐かしい思い出が蘇る。

また、「よそ者」（新しく村民になった人たち）を入れない旧態依然の氏子《うじこ》を中心とした村中をあげての「夏祭り」、盆踊り、更には、海水浴など、「夏」という季節にはどことなく〝郷愁〟を感じる行事などが沢山あり、一層、思い出深いものがある。子どもの頃は、真夏の太陽が照射する「自然」には、どことなく叶えることの可能な「夢」があったように思えてならないのである。

そこで、この夏の生き方を語るうえでは、読者の方々には、少々飛躍すると思われるであろうが、過日、私が大学院時代に研究テーマとした「交渉（術）」（特に、閉ざされたコミュニティにおける『祭礼』における交渉術のマネジメント及び役割など）についてお話ししてみたい。それは、閉ざされたコミュニティの中で毎年開催される氏子を中心とした「祭り（祭礼）」のマネジメントに「交渉（術）」を介在させ、「持続可能なまちづくり」について研究した「分析の方法」の一部である。

結論から申し上げれば、地域に根差す祭礼（祭り）の存続について、その運営に「交渉（術）」を「介在」させることの重要性を指摘し、〝ハーバード流交渉術〟の考察の下に論じたものである。

＊　＊　＊

最初に、本研究の〔分析の方法〕について述べてみたい。

本研究では「交渉のないところにコミュニケーションはない」との前提に立ち、ここでは〝閉ざされたコミュニティ〟であるK県J市N行政区の「祭り」の事例などの側面から「交渉」の機能などにアプローチの焦点をあてる。

第一に、〝閉ざされたコミュニティ〟の現状が〝開かれたコミュニティ〟の状態へ開放され、当該「氏子[1]」のみの「祭り」の呪縛から打破することが課題である。その為にも、特に女性や入り人〔2〕たちが気楽に神輿渡御を含めた「祭り」全般に参加できる仕組みづくりが喫緊の課題である。分析の方法としては、筆者が参与観察した二六一年も継承されている「山形県新庄まつり」の執行部（実行委員会事務局）と、すべてのステークホルダーとの間にアウンの呼吸である「暗黙知の了解」が形成されて持続可能な祭りの成功事例といえる、「福岡県山笠祭り」、並びに筆者の地元の閉ざされたコミュニティにおける祭りの「慣れ合い」マネジメント（仕組み）の比較研究である。第二に、祭りのマネジメントにおいて、ＮＩＭＢＹ〔3〕（Not in my Backyard）の考え方を援用する。ＮＩＭＢＹとは一般に、「総論として必要性は認めるが各論としての迷惑施設などが自分の近隣には建つのは嫌だ」という問題であるとされており、一九八〇年のアメリカ原子力学会でウォルター・ロジャースが生んだ言葉だと言われている（Burminghamet al.2006）。また、Dear はＮＩＭＢＹを「自分の近隣にとっては望ましくない開発に直面した住民団体によって採られる、保護主義的な態度や反抗的戦略」と定義した。

筆者は、この〝ＮＩＭＢＹ〟を巡る「当事者性の違いによる認識の差と手続き的公正の保護価値理論」が具体例としての本研究の〝祭り〟の仕組みにも類似しているものと考える。即ち、現状の閉ざされたコミュニティにおける執行部の〝祭り〟の仕組みの意思決定を将来世代に先送りしてはならないと多くの住民たちが考えていることと、現在の〝祭り〟の仕組みのあり方に賛成しているかどうかは別である。このように、総論について論ずる時にも、当事者性の違いがもたらす認識の差異を理解したうえで合意形成の理論の枠組みが必要とされる。つまり、総論賛成各論反対という単純化した見方にとどまっているだけでは、多様なステークホルダーが複層的に関わる中で何が共通認識として議論が成立しうるかなどといった問題を見落としかねない。

本研究では、〝ＮＩＭＢＹ〟は当事者性の違いによる認識のギャップと捉える。認識のギャップを生じさせる理由は様々な理由があるが、なかでも本研究は〝氏子〟たちの「地縁性」に着目する。すなわち、ＮＩＭＢＹにまつわる当事者性を、問題からの心理的・物理的「地縁性」と捉える。ここでの当事者性とは一義的には当該地域住民か「氏子」であるか否かであるが、「地縁性」の関数として当該地域における「地縁性」が深いほど当事者性が高いと考える。当該地域でなくても「地縁性」に応じてＮＩＭＢＹ的な傾向に変化がみられるのであれば、問題からの「地縁性」が生じさせる認知の差としてＮＩＭＢＹを捉えることが可能となると考える。当事者性が高いほど、様々なことに考えを巡らせ、より慎重に判断する。逆に、当事者性が低いほど熟慮せずにメリットを過大評価し、デメリット（リスク）を過小評価するかもしれない。そして、当事者性が高い方が相対的に「祭り」を受容しやすくするであろう。なぜなら、そこには従来からの「地縁性と世襲的な氏子制度」があるからである。

筆者はこの〝ＮＩＭＢＹ〟を巡る「当事者性の違いによる認識の差と手続き的公正の保護価値理論」が具体例としての本研究の「祭り」の仕組みにも類似する

ものと考える。蓋し、現状の閉ざされたコミュニティにおける〝祭り〟の仕組みの決定を将来世代に先送りしてはならないと多くの住民たちが考えていることと、現在の〝祭り〟の仕組みのあり方に賛成しているかどうかは別である。この理論の論点整理の詳細については次章で論じる。

［1］神社の祭祀圏を構成する人々のこと。

［2］新たに行政区に入った人たちのこと。

［3］地域エゴ住民をいう。

第1項　分析の枠組み

筆者はこれまで、「社会的合意形成」の分析として、例えば、農地解放に伴う地主と小作人の関係を考えてきた。地主が国の施策に応じて小作人と合意形成を図り、小作人の立場に立って譲歩を図り、社会的合意形成に達することなどである。また、「交渉」による問題解決（合意形成）を模索すれば、個々人の「価値観」はさほど変わらないという心象も間違いではないと捉える。ただそういう短期的かつ個別具体的な取組みに限定せず、大規模な社会問題を長期的に見据えると、価値観の変化は十分に考えられる。このような背景から一つの「政策形成」を、「交渉」による問題解決だけで捉えるのではなく、「対話」によって公共的な価値観を創生していくことが重要だという「熟議型民主主義（Deliberative Democracy）」という考え方も存在する。

しかし、この考え方を受け入れたとしても、「交渉」の介在価値こそが「社会的合意形成」の中で不可欠な重要な役割を果たしていると考える。それは、「対話」だけでその社会的合意形成を図ることは難しく、そこには相対する「エゴ」が絡みあう。合意を図るには、双方の利害に焦点を当て、物事の本質を解決するための「交渉」の介在価値こそが有意義な手段と捉えるからである。

そこで、参考例として、コミュニティの中で社会学者のパーソンズは「ＡＧＩＬ能」を提唱し、金子勇『「地方創生と消滅」の社会学』では次のようにまとめている。

Ａ機能として地域社会機能の維持や地域構成員のニーズ充足としての「適応」、Ｇ機能として地域社会および社会構成員の「目標達成」、Ｉ機能として地域構成員の「連帯」や「統合」や「参加」、Ｌ機能として地域構成員が長年培ってきた「ライフスタイルの持続」と「緊張処理」などの機能が含まれていて、「綜合社会学」の視線からのアプローチが可能になる。

これを前提とした上で、コミュニティの体験や能力（分析能力を含む）、問題意識、生育環境、一方では社会事象によっては時間的なスパンも考慮に入れなければならない。そして、未来への「方向性」の「合意形成」は、恐らく単発的で、その場の衆人の意見に左右される迎合的な価値意識が揺れ動くものと考えられる。

また、この「価値観」を短期的・長期的なスパンで捉えれば、そこには、その時代々に変容した人間の性《さが》としてのアンチテーゼな社会構造も見逃してはならない。ここに「交渉」の介在価値の存在が垣間見えるからである。

その為には、本テーマを考える上で熟慮しなければならない諸点は次の六点である。

一点目は、遍く人間性に富んだ「祭りになるための重要な要素としてのステークホルダー・アプローチとしての「対話」によって、公共的な価値観を創生していくことが重要だという熟議型民主主義（Deliberative Democracy）の考え方である。

二点目は、話し合いによる合意形成の方法のハイブリッドモデル（Facilitator）。

三点目には、主体の集団の中で意思決定に関わる情報交換が十分に行われた状態（交渉整合性）などの利害調整力［4］（Facilitation）。

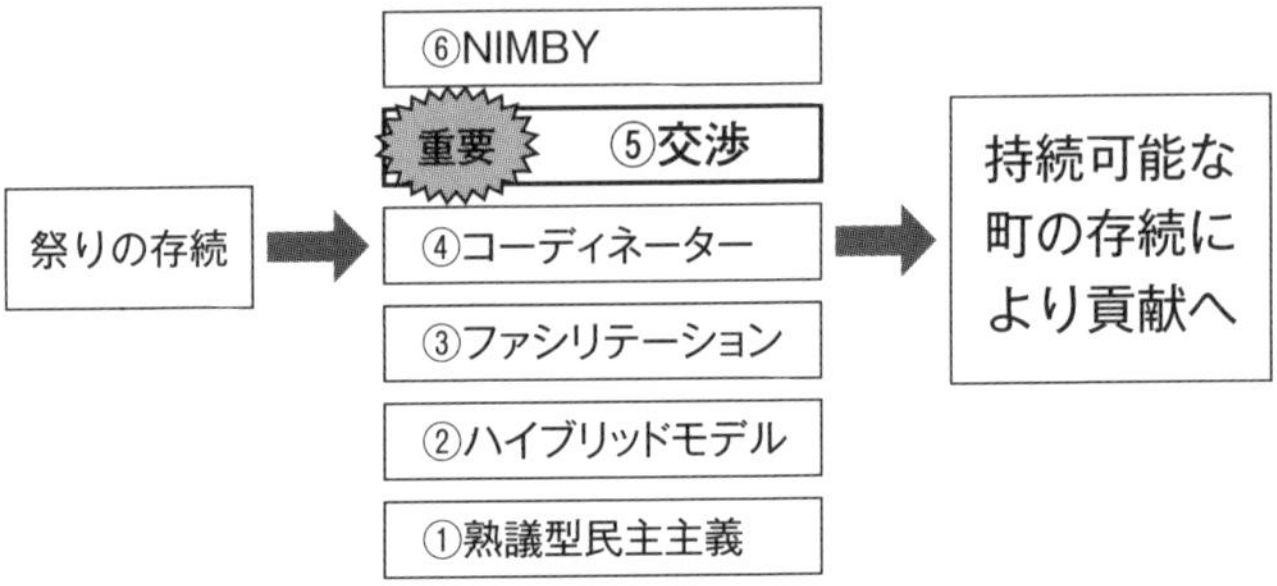

交渉のフローチャート

四点目は、実践する架け橋（ＨＵＢ）となれるコーディネーターの育成及びその時代時代にマッチした住民の意識改革の旗振り役並びにそのプラットホームづくり。

五点目は、その「対話」のプロセス分析による「交渉」などの各機能を活かしたサスティナブルな〝コミュニティの存続〟の形成。

六点目は、環境倫理学上のＮＩＭＢＹの概念からのアプローチである。

これらが重要な「交渉」の介在価値として本研究課題を高めていくのである。よって、上のような「交渉」のフローチャートとなる。

［４］お互いの意見の調整役をいう。

第2項　作業仮説

最初に、〝祭り〟について、櫻井治勇は次のようなことを述べている。

村落祭祀が考えられる〝祭り〟は基本的に各々の「ムラ」単位で独立して営まれるものであり、極めて〝閉鎖的な様相〟を呈している。

祭日に「ムラ」を出た者が招かれることはあっても、「ムラ」出身以外の者が祭りに関与したり、見物するということで祭りが支えられるという性格のものではない。

しかしながら、「ムラ」そのものはそれ自体が自己完結的ではなく、より大きな全体社会の中に包含されていることにより、外的な影響を受けたり、また一方でムラ人や家々の個性化という「ムラ内部」での〝変化〟が祭りの営まれ方や性質を変容させる結果をもたらす場合がある。

殊に、明治以降の近代化の過程では、人口の移動、情報化などが次第にその度合いを高め、「ムラ」の構造にも大きな変化がみられるようになった。そのような場合には、旧来の祭りの慣行に新しい要素が付加されたり、反対に消滅するなどの変化がみられるし、「ムラ」の祭りと言っても「ムラ人の意識」の上では〝拡散的な傾向〟を示すようにもなる。ただし、営まれる主体において、それが「ムラ」の祭りである限り、それは村落を〝表象〟する祭祀ということができる。

なお、村落を構成する家、人々の生業により、農村・漁村の祭りなどとして祭りを捉える場合もあるが、「村落祭祀」の研究においては農村、特に稲作農業を基盤とする社会での祭りのあり方を一つのモデルとする考察が多くなされている。

このような現実の〝祭り〟の捉え方をみる時、前述した様々な祭りに携わった学識経験者や経験知のある人たちの意見（対極にあるものを含め）を判断すると、祭りはその「町の存続」に大きく貢献し、みんなに勇気・励み・絆・価値理解・つながり・町の表象などの役割を果たし、住民の意識を深める荘厳な心の支えと捉える。

　反面、昨今の「祭り」を見る限りでは、浅草の三社祭や京都の祇園祭などの知名度の高い大きな祭りは、神輿の担ぎ手も全国から集まり、足の踏み場もないほどの賑わいを見せ活況を呈している。一方、前述したような筆者の地元の〝祭り〟は、氏子のみで構成され、新住民を受け入れない。そして、女人禁制であり、神輿の担ぎ手も高齢化し、また、子供神輿も出御するものの少子化の現状にある。これらを踏まえると、女性や新住民の祭りへの参加や神輿担ぎ手の他市町村からの受け入れ及び祭りを取り巻くステークホルダーのサポート等によって、〝祭り〟を次世代へ伝承する持続可能なものにしなければならない。更に、「祭り」が町（N行政区）の存続に大きく貢献し、いつ起こるかわからないアクシデント（災害やテロなど）においても、多大なる役割を果たすためにもすべての住民参加型の〝祭り〟でなければならない。そこで、これらのことを踏まえ、本研究について、次の仮説を立てたのである。

「身近な祭りにおいて、コミュニケーションを円滑に機能させるには交渉（術）

が必要である。交渉が機能し、コミュニケーション（意思疎通）がうまく行われることで〝祭り〟が継承され、その結果、持続可能なコミュニティ（町）の存続につながるのではないか」

この仮説を図式化すると次頁のとおりである。

祭りにおける「交渉」の機能と持続可能な地域づくりの仕組みのチャート

テーマ～祭りにおける「交渉」の機能と持続可能な地域づくりの仕組みの考察
（副題～K県J市N行政区の事例から）

閉ざされた「コミュニティ」⟶「祭礼（祭り）のマネジメント」チャート&俯瞰図

（祭礼の方法）
（開かれたものにする）

これを小さなコミュニティとみなす。

↓

執行部（祭主）は20名の「氏子」のみで構成されている。

↓↑（切り込み）

主体～自分である。
　アクションを起こすこと。
客体～執行部（内、氏子20名のみで構成されている）

↓

（First goal）祭礼が催される執行部での意思決定の有り方に疑問をもち、それをテーマに交渉術の有用性を検証する研究の捉え方である。

↓

（Final goal）身近な祭礼（祭り）の閉ざされたコミュニティの中で、上手く行っていない祭礼（祭り）の運営が、スムーズに行くために、交渉（術）などの機能による介在価値の手段の結果、『町の存続』が図られるということである。

◎行政区（町内会）には、3か所の神社が所在
（●●●神社・●●神社・●●神社）

○夏の祭礼（7月28・29日～●●●神社）7月28日～（式典）市長、副議長、議員、県会議員、警察署長等の招待を迎えて氏子のみ宴会（直《なお》会《らい》の儀）が催される。

○7月29日～戸渡し後、神輿（大人）・子供神輿の2基で行政区を巡行する。

新住民・女性等は入れない

○秋の祭礼（11月15日～●●神社・●●神社）上記招待者を迎えて、宴会（直会の儀のみ）

祭　礼（祭り）（Festival）

特徴点
①N行政区（町内会）執行部20名及び氏子のみ参加。
②男性のみ。女性は下働き（食事の準備のみ）
③女人禁制、男尊女卑
④夏の祭礼は、大人・子供神輿渡御（行政区内を巡行）

↑「交渉」機能の介在価値

【関わる人たち】
①旧住民（氏子のみ）②子供会（新旧含む）・保護者・教員等③区内企業（建設業者・中華飯店・パチンコ店等）
④（招待者）～市長・議長・議員、県会議員、警察署長、農業委員会委員長
⑤崇敬者（4名）⑥神主（宮司）

終了後、次年度への戸《と》渡《わた》しの儀

①道路使用許可申請書申請（警察署長へ）
②自主警備～行政区内消防団員（8名余）

第2節　本論文の構成

序章では本論文の目的と方法として、地元の〝祭り〟のマネジメントにおける交渉の介在価値を「目的と方法」で示す。

第1章では〝祭り〟のマネジメントに対する各種（交渉／合意形成／コミュニティ／NIMBY／持続可能な地域づくりなどに関する）先行研究を検討する。

第2章では本研究で取り上げる地元N行政区の〝祭り〟の概要と実態を検討する。

第3章では地元N行政区の〝祭り〟の事例調査の分析を行う。

第4章では仮説の分析を行う。

終章はまとめと今後の課題を示唆したものである。

第3節　本論文の意義

本研究においては、「交渉のないところにコミュニケーションはない」との前提に立ち、ここでは〝閉ざされたコミュニティ〟である地元のK県J市N行政区の「祭り」の事例及び筆者が参与観察した山形県新庄まつり並びにパネルディスカッション「今、コミュニティを問う　祭りと異文化に学ぶ」の活動事業報告（二〇一〇年二月十九日）などを踏まえて、様々な「交渉」などの機能の研究と環境倫理学上のＮＩＭＢＹの機能などから〝祭り〟のマネジメントにアプローチの焦点をあてる。本研究の〝祭り〟のマネジメントによる存続が、持続可能なコミュニティの存続に貢献することにある。

（拙者の研究論文からの一部抜粋）

このように、過日、経験したことの懐かしくも、楽しい思い出に満ちたわたくしたち「家族」にとっても、懐かしい夏の季節に出会えることは、最早、不可能なのだろうか？　自問自答するところでもある。それには、月並みな言い方かもしれないが、事前の万全の暑さ対策、日々の健康管理、そして「家族」との日々の「絆」や「対話」などが必要不可欠と思えてならない。何よりも、このような地球規模の温暖化現象に、常に対峙し、「変化」に柔軟に対応できる、「個」の力量が問われているものと言える。

＊　＊　＊

秋

「秋」の季節になると、一般的にはまず北海道からの〝紅葉〟の便りが届くようになる。よくこの季節を迎えると、各種メディアが取り上げる「大雪山国立公園」山系の「紅葉」の光景の美しさは眩いばかりであり、「紅葉」を愛でる人間の心理に多大な影響を与えてくれるものである。このような日本特有の「紅葉」の光景は、世界中の人々を魅了し、日本特有の「美と心」を掴むことのできる貴重な瞬間ともなっている。このことは、私は日本人として、〝矜持〟を持つべきものの一つでもあると思う。

さて、わたくしたち人間にとって、古来「紅葉」と表される〝紅《くれない》色〟という色には、燃えるような「情熱」と、何事にも対処する〝エネルギッシュなもの〟を、私は感じてならない。

しかし、一旦、「紅葉」した樹木の葉も、日が経つにつれて枯れ葉となって散ってしまう。この姿を春に咲く「桜」と対比すると、どことなく深い〝寂しさ〟が伴うものである。これは私がいつもの早朝ジョギングを通して感ずる出来事でもある。

しかし、まる一年を通して、「新緑」から〝紅葉〟へと移行する樹木としての生命力には、なぜか「やり遂げた」「やり抜く力」という満足感や躍動感などが享受できるような気がしてならない。これらは人間にとっても、物事をなすに当たっての「やり抜く」パワーと初志貫徹するための精神力を養うことの大切さを教えてくれている。正に、そのプロセスとヒントと思える。

冬

四季の最後の「冬」の季節を迎えると「寒さ」との戦いが始まる。近年は気候変動による温暖化が叫ばれているが、誰しもが「冬」特有の厳しい寒さには閉口するところである。

少々脱線するが、数十年前に新婚旅行で訪れた十二月のオーストリア（ウィーン、ザルツブルクなど）で経験した「寒さ」は、頬を突くような強烈な〝寒さ〟で、驚きを隠せなかった記憶が蘇る。反面、戸外から建物の中に入ると、寒さを感じさせないほどの〝暖かさ〟を感じた。その寒暖差のバランスシートは、当時として、日本とは雲泥の差があったように思えてならなかった。

話を戻そう。

国内に目を転ずれば、巷間では昨今「電力不足」による「節電対策」が政府の指示や電力会社のメッセージなどにより、マスメディアを通して叫ばれている。わたくしたちは、これまで原子力発電に依存し続け、自然エネルギーを軽視してきたことによる「負」の連鎖を発現させるものと言わざるを得ないと思う。そして、その手段を講じてこなかったことは、政府・企業は勿論のこと、一国民としても悲痛な思いでいっぱいである。一国民としては、政府や関連企業などには早急なる各種対策を講じて頂きたいと願うのみである。

そして、人間にとっても、植物にとっても、この冬の厳しい〝寒さ〟と共にその一年が終わろうとしている結末には、体全体と温かな心を癒してくれる〝暖炉〟(特に、人間としての豊かさやウェルビーイング〈Well-being〉など)が必要と思えてならないのである。わたくしたちは「幸福」こそが、人間が求めていた根源的な「心の豊かさ」でもあるからである。

しかし、一部では「暖冬」と言われているものの、「冬」の慌ただしい季節感には、どことなく一年の「回顧」、来る新年への「展望と飛躍」を期待しているように思えてならない。また、誰しもが深淵な「思考」を重ねる特有の季節とも言える。正に、冬の季節こそ、人間としても一層、箍《たが》を締める季節でもある。そして、来る新年への新たな自分へのテイクオフ（飛び立つ）の瞬間とも言える。

以上のように、「四季」を通じてのこれまで「生きてきた証《あかし》」の帰結は、各季節感の中で、未知に起こる様々な事象（例えば、COVID-19の出現、家族の在り方、健康、病気、自然災害、政治的・経済的要因から起因する諸問題など）に応じた対応能力である。更には、世俗に耳を傾けた人間として「生きる証」としての「変化」「変容」などに対応できる「知識」の蓄積、「情報分析能力」の滋養、その場に瞬時にかつ恒常的に対応できる「リスクマネジメント（危機管理能力）と思えてならないのである。

第二章　「喜怒哀楽」としての生き方

この四字熟語は、人間の感情と心理的要素などが複雑に絡み合うものである。よって、各人各様が経験し、体感した環境と経験した度合いなどによって相違してくるとも言えるであろう。

しかし、人生100年時代とも言われているが、それまでの人生において、わたくしたちはどれほどの「喜怒哀楽」を経験、体感するのであろうか。思うに、単純に考えれば、「喜」「楽」などの経験が多ければ多いほど、〝幸せ〟な生き方と言えるのであろうか。また、「怒」「哀」などの経験が少ないほど、〝幸せ〟な生き方と捉えることができるのであろうか。

私は「喜怒哀楽」という文字の語句を考える時、対局する両要素を踏まえると、人間としてこれらの要素は誰しもが経験し、その時の心理状態は落ち込んだり悲しんだり、そして哀れみを覚える時もあれば、一方では、喜んだり楽しんだりする時があってこそ、人間として日々生き抜くための「忍耐力」「人格」が形成され、そして「寛容性」を磨くことができるように思えてならないのである。
私の場合には前著でふれたように、不遇なことが多かったこともあり、この中でも特に、「喜」「楽」よりも「怒」「哀」の方が、強弱の差はあるが、当てはまると思えてならないのである。

これらを踏まえて、本来の本件、四字熟語としての「喜怒哀楽」と対極にある語句を分割併合して考察することには、一部異論があろうかと思う。しかし、敢えて、同義の範疇に属すると思料される「感情表現」としての「喜」「楽」から考えてみたいと思う。

最初に、「喜」「楽」については、字の如く「喜び」「楽しみ」である。
私のこれまで生きてきたことの「喜び」「楽しみ」は、この世に生を受けたこと、入学式（小・中・高・大学・大学院など）・卒業式、入社式、昇進、結婚式、子供の誕生、定年退職、長男の結婚、大学院（入学・修了・学位授与）、上棟式などである。これらはいずれも、ポジティブな志向で、こちらから働きかけ、その努力の結果が得られる要素（お祝い）が強いものが大勢を占めるものと思う。一方、各種コンサート鑑賞、日展・アート鑑賞、スポーツ観戦、宝くじ、おみくじ、競馬・競輪・競艇などのチケット券の購入行為などは、一部を除いて、ネガティブ志向から生じるものと思えるのである。これはあくまでも持論であるが……。

このように、動的または静的な心理的一面を持つ「喜び」「楽しみ」は、日常の生活の上で、日々繰り返される感情表現の要素と思える。このような表現行為は非言語的なもの（「寡黙」「沈黙」の表情）を含めて、わたくしたち人間が生きていく個々、「人」にとっても、成長過程の中で、必然的なものである。また、これらを通して、日々のモチベーション向上の一助を担っているものと言っても過言ではないと思う。

わたくしたちにとって、このような「喜」「楽」を少しでも多く体験できる人こそが、人生を生きていく中で、何よりも「幸せ」を享受できるものと思う。そして私の、これまで歩んできた人生を顧みる時、どれだけの「喜」「楽」の要素を〝己〟の努力によって享受できたかは未知数である。しかし、わたくしたちは、今後残された時間を如何に有効かつ実り多きものにしていけるかは、自分自身の努力によって会得することができる。

よって、更なる「人間力」としての深みを、「知」の集積を根底に踏まえて、各種情報分析能力を通して、特に、昨今に見られる多様性の世界の中で極めていくことが肝要であると思えてならないのである。

次に、「怒」「哀」について考えてみたい。

正に、「怒」「哀」は、「怒り」であり、「哀しみ」である。

やはり、これらの言葉は、感情の要素の一部であり、公私両面において、これらを多く体験した人こそ、日々「苦痛」の連続であり、悶々とした耐え難い人生を送ってきたものと理解するところでもある。しかし、このような感情の要素は日常起こりうるものであり、これらを如何に受け止め、自らをコントロールしていくかが重要であると思う。

これらのことを踏まえて、これまで歩んできた自分の人生を振り返ってみると、恥ずかしい限りであるが、前述の「喜」「楽」よりも、限りない「怒」「哀」を多く経験してきたものと思えてならない。

要するに、前著で述べたように、自分の歩むべき人生に向かっている時、年老いた「亡き父母」から懇願されたのは、

「お前にM家を継いでほしい。頼む!! 絶やすわけにはいかないから」

郵便はがき

料金受取人払郵便

新宿局承認

2524

差出有効期間
2025年3月
31日まで
(切手不要)

1 6 0-8 7 9 1

141

東京都新宿区新宿1－10－1

(株)文芸社

愛読者カード係 行

ふりがな お名前			明治 大正 昭和 平成 年生 歳
ふりがな ご住所	□□□-□□□□		性別 男・女
お電話 番 号	(書籍ご注文の際に必要です)	ご職業	
E-mail			
ご購読雑誌(複数可)		ご購読新聞	新聞

最近読んでおもしろかった本や今後、とりあげてほしいテーマをお教えください。

ご自分の研究成果や経験、お考え等を出版してみたいというお気持ちはありますか。

ある　　ない　　内容・テーマ(　　　　　　　　)

現在完成した作品をお持ちですか。

ある　　ない　　ジャンル・原稿量(　　　　　　　　)

書　名			
お買上 書　店	都道 府県　　　　市区 郡	書店名 ご購入日	書店 年　　月　　日

本書をどこでお知りになりましたか?
1.書店店頭　2.知人にすすめられて　3.インターネット(サイト名　　　　)
4.DMハガキ　5.広告、記事を見て(新聞、雑誌名　　　　)

上の質問に関連して、ご購入の決め手となったのは?
1.タイトル　2.著者　3.内容　4.カバーデザイン　5.帯
その他ご自由にお書きください。
(　　　　)

本書についてのご意見、ご感想をお聞かせください。
①内容について

②カバー、タイトル、帯について

弊社Webサイトからもご意見、ご感想をお寄せいただけます。

ご協力ありがとうございました。
※お寄せいただいたご意見、ご感想は新聞広告等で匿名にて使わせていただくことがあります。
※お客様の個人情報は、小社からの連絡のみに使用します。社外に提供することは一切ありません。

■書籍のご注文は、お近くの書店または、ブックサービス(0120-29-9625)、セブンネットショッピング(http://7net.omni7.jp/)にお申し込み下さい。

という涙ながらのメッセージだった。「家」を後継する問題は、紛れもなく私の「夢」のある人生を、途中で諦めなければならなかったことは、「絶望」という言葉に匹敵するほどの衝撃であったことは言うまでもない事実である。そして、この時、〝己〟の人生の針は「止まった」とも思った。

ところで、ここで「怒り」についての興味深い研究をなされている、児童養護に携わる土井高徳氏がその著書『怒鳴り親』で、問題になる〝怒り〟の特徴について触れておられるのを朝日新聞で紹介されていた。

土井氏は「問題になる怒りの特徴」として、

〔頻度が高い〕　常にイライラする。カチンとくることが多い。

〔強度が高い〕　激高して怒ってしまう。一度怒り出すと止まらない。

〔持続性がある〕いつまでも怒り続ける。根に持つ。

〔攻撃性がある〕他人を傷つける。自分を傷つける。物を壊す。

このような四つの「特徴」を上げておられる。

土井氏は、児童養護全般の学術博士号を持ち、虐待などで傷ついた子どもたちの専門里親として、北九州市でファミリーホームを運営している方と仄聞している。

その記事では、

土井さんによると、親が怒鳴る要因は、親側と子ども側の2種類がある。親側の要因は、親自身が育った家庭での子育てのあり方だ。（後略）子ども側の要因は、発達段階だ。（中略）発達障害など発達に偏りがある場合も、その特徴について知識があれば、成長を待つことができる。

ただ、知識があっても、怒りを抑えるのは難しい。怒鳴らないために大事なことは、「怒りに火が付く導火線を太く長くする努力」だ。

（朝日新聞２０２２年11月25日　朝刊より）

そして、「怒鳴り親」にならないためには、「爆発する前に距離・時間をおく」

「深呼吸も効果がある」とも書かれている。

以上の〝怒り〟の例は、「子どもの言動にいらついて、つい怒鳴ってしまうことはないだろうか」という命題に、土井高徳氏がインタビューで、専門的立場から語っておられる貴重なご教示と解釈した。

よって、私はこれらの命題を、過日の子育ての過程を振り返ると、親として幾つか当てはまることに強いインパクトを受けた。しかし、私の場合には、これらの特徴も、年を重ねるごとに、軽減していることに気づいた。人間としての「器」が柔軟性を持つようになることが要因か、と思う昨今でもある。これからも、土井高徳氏の四つの「怒りの特徴」を肝に銘じて、自らを律して生活していきたいと思った。

要するに、「喜怒哀楽」という四字熟語には、人間としての「感情面」での人格的要素が発現され、個々人の「これまで生きてきた人生感」を投影するかのような側面を感じてならないのである。

そこで、若干視点を変えて、「感情」の導入と表現について、過日、私が大学院で学び、研究した過程の中での、前述した「祭り（祭礼）」をハーバード流交渉術の観点を踏まえた、拙者の研究論文の一部を紹介したいと思う。

＊　＊　＊

ハーバード流交渉の時代的変遷に伴う〝交渉〟における「感情」の導入の問題がある。第1章第3節でもふれたように、この最初の『ハーバード流交渉術』は、一般的に、交渉とは、「いかに相手に勝つか」と言うテーマにばかり目が向けられていたが、この〝ハーバード流〟ではそれを否定し、「原則立脚型交渉（術）」を提案した。繰り返すようになるがこれは、人間関係（立場）と「交渉」の内容とを引き離し、あくまでも当事者の「利害（関心）」についてのみ、「交渉」を進めるというものである。具体的には、前記のとおり、

①人と問題とを分離する。

②立場ではなく利害に焦点を合わせる。

③何をするか決める前に多くの選択肢を用意する。

④結果はあくまでも客観的なルールに従うことを強調する。

という四点を基本的な考え方としている。

筆者はこの基本的な考え方をベースとして、法学部出身でもあることから、これに法学的なものの見方・考え方としての「リーガル・マインド」を加味しながら、これまでの人生を歩み、様々な事象や問題に対処し、人間関係においてもこのスタンスで乗り越えてきた。しかし、この「原則立脚型交渉術」も、時が経つにつれて限界を指摘されるようになった。その例が「感情」や「価値観（認識や解釈）」が問題となる場合の交渉である。そもそも、交渉は理性と感情とが複雑

に絡むものであり、時にはお互いの価値観の違いが浮き彫りになる。それらは、しばしば私たちの人間関係に深刻な影響を与える。

「感情」の問題について、ハーバード大学の交渉学研究所のロジャー・フィッシャー、ダニエル・シャピロらは、「感情」のデメリットを以下のように整理している。
○感情は、交渉すべき内容から、私たちの意識をそらしてしまうこと。
○感情は、人間関係を傷つけることがあること。
○感情は、人に利用される危険性を持つこと。
これらを見る限りでは、感情は交渉の〝障害物〟であると思われがちであるが、二人の研究者らはむしろ「感情」を交渉に役立たせようと思案を巡らせ、その結果、単に「感情」に表面的に対処するのではなく、「感情」を喚起させる〝五つの核心的欲求〟への応答が必要であると提案した。それらは、以下の五つの〝核心的欲求〟である。すなわち、「価値理解」「つながり」「自律性」「ステータス」

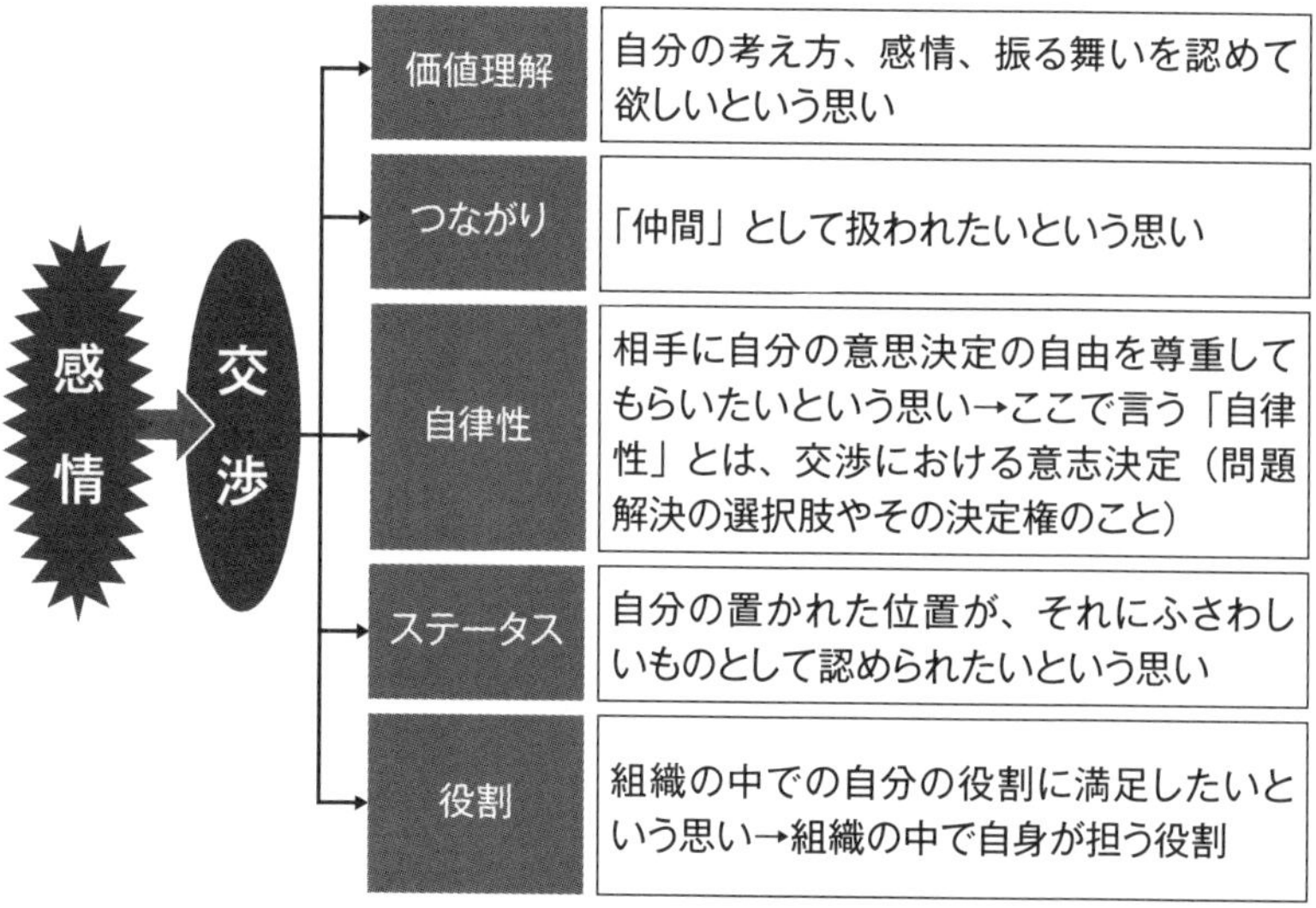
感情
交渉
価値理解
自分の考え方、感情、振る舞いを認めて欲しいという思い
つながり
「仲間」として扱われたいという思い
自律性
相手に自分の意思決定の自由を尊重してもらいたいという思い→ここで言う「自律性」とは、交渉における意志決定（問題解決の選択肢やその決定権のこと）
ステータス
自分の置かれた位置が、それにふさわしいものとして認められたいという思い
役割
組織の中での自分の役割に満足したいという思い→組織の中で自身が担う役割

“感情”を喚起する五つの核心的欲求

「役割」などをどのように、これらを「交渉」の点からも、「祭り」のマネジメントにおいても共通項として認識するかにある。

これを上のように図式化する。

第4節　本研究の「祭り」における交渉の中での〝感情〟を喚起する五つの核心的欲求の導入の捉え方

本研究の「祭り」における交渉において、この〝感情〟を喚起する五つの核心的欲求がどのように関わるか、その執行部（氏子二十名および崇敬者四名を含む）のメンバーに当てはめて考える時に、筆者は次のように解釈する。

本研究のN行政区の祭りが実施される前に、その年度の当番の当家において事前会議（祭り主催者の相談など）が開催される。この会議は当番に当たった班にもよるが、参加者は氏子のみで、男性のみの約十名から二十名で会議が行われる。

この会議の内容については、「実施年度の祭り予算、神輿出御及び神輿渡御準備、式典準備の献立、招待者の招聘要領など」が話し合われる。どこの班でもその当番の長老が会議を取り仕切り、代々続いている慣例や関係性で何事も決められ、若い人の斬新な意見は取り入れられないトップダウン的なものである。とにかく従来からの慣例が踏襲され、時代にマッチした効率的な祭りの会議とは言えない。また、これまでの議事録もない。この事前会議で決定されたことを本会議で提案し、最終的には「執行部（崇敬者四名を含む）」の意見によって、実施年度の祭りが開催される。事前会議同様、本会議でも今までの議事録も残されていない。

よって、本研究が〝祭り〟が催される執行部での意思決定のあり方に疑問を持ち、それをテーマに交渉（術）の有用性を検証する研究のとり方である。事前会議の長老や執行部のメンバーには〝感情〟を喚起する五つの核心的欲求の中でも、「役割」「ステータス」「自律性」を重んじ過ぎるあまり、「価値理解」「つながり」などの二点を軽視している傾向にある。

故に単なる昔気質の慣習・慣例を重んじ、効率的な「祭り」の運営や時代にマッチした「祭り」のマネジメントに欠き、無理に意見を押し付け「対話」を持たない固陋な人たちの頑な価値観に病巣がある。

よって、ここにこそ、本研究で考察する交渉の機能などの介在価値がある。この「交渉」の介在価値こそが「祭り」のマネジメントに変化を与えるのである。

これらは第2章で取り上げるN行政区の〝祭り〟を検証することによりその糸口を見出すことが可能である。


ところで、ハーバード流交渉術における「感情」の移入を論じているものが日本医療メディエーター協会認定医療メディエーターの外村晃である。外村は、〈「感情」から「欲求」へのアプローチ〉の項目における五つの核心的欲求のひとつである「価値理解」の中で、それがうまくいかないときの三つのキーワードがあげられている。

それは、「同意できる1％」「好奇心」「調停者（メディエーター）の姿勢」です。「同意できる1％」とは、たとえ相手の意見に99％反対であっても、残りの

1％に同意し、できるだけお互いが「イエス」と言い合えるように交渉を進めることです。〔後略〕

また「好奇心」とは、相手がどんなものの見方をしているかを知ろうとすることと同時に、自身についても何を知らないのか関心を持つことです。そのためには、「調停者（メディエーター）の姿勢」が非常に有益です。具体的には、自分が「中立な第三者」の立場になったかのような視点から相手の話を聞き、「正しいか誤りか」や「よいか悪いか」ではなく、お互いの「違い」を確認し、そのうえで交渉を前進させることができるようなコミュニケーションを図ることです。

〔中略〕その方法として、

•意見を聞いてもらうために、時間を割いてほしいと提案する
•意見を聞いてもらえるような工夫をする（要点を二〜三点に絞るなど）
•意見がどのように相手に伝わっているか、質問をして確認する

などがあげられます。

と述べている。結びで、交渉について、外村は次のように示唆している。

〝交渉〟でチーム医療を明るくするために、〝ハーバード流交渉術〟で皆さんの職場の「チーム医療」が明るく活発になることを願っています。

この外村の理論は、五つの核心的欲求の中の「価値理解」の中で、それがうまくいかないときの三つのキーワードを上げている。つまり、「同意できる1％」「好奇心」「調停者（メディエーター）の姿勢」などである。筆者はこの三つにはそれぞれが交渉する上での機能的役割があると考える。この中でも特に、「同意できる1％」にはそれなりの重みがあると言える。

外村が述べているように、

たとえ相手の意見に99％反対であっても、残りの1％に同意し、できるだけお互いが「イエス」と言い合えるように交渉を進めることです。そうすれば、おのずと協調ムードが高まっていきます。

ということにある。

圧倒的な99％の意見が、残りの1％の意見を頭から抹殺するような交渉はあってはならないことである。残り1％の意見にこそ価値を見出し、お互いが理解し合うことの大切さを認識すべきであると考える。

（拙者の研究論文からの一部抜粋）

＊　＊　＊

以上は、本稿における「感情」導入と表現を考察する上で、大変有意義なものと思えてならない。

第三章　静的と動的な生き方

ネガティブ志向とポジティブ志向

前著でも少し触れたが、この志向を「夫婦像」との観点から考えてみたいと思う。

私と妻は相互の「家（柄）と家（柄）」、家父長制、そして氏子制度の古く慣例化された時代に「見合い」という手段により「契り」を結んだ。よって、お互いの趣味、趣向、性格、長所・短所、生き方、学び方、躾などを微塵も知る由もなく添い遂げるという「結婚」の在り方であった。生涯の伴侶を得る手段としては、あまりにもお互いの「人格」が無視されたものと思えてならなかった。今となっては、思い描いていた「恋愛」から結婚という選択を取れなかった過去の「自分」には、非常に〝寂しさ〟を伴うものがある。そして、身内の紹介により見合い結婚をしたことが、本当に自分にとって、「幸せ」な人生だったのか、と後顧の憂いを伴うところでもある。

この心境は相手も同様に思っていることかもしれない。その真意は不明である。

そして、無事、社会人となった三人の子どもたちには今さらそんなことを考えてしまい、大変申し訳なく思う昨今でもある。

わたくしたち夫婦は、このようなプロセスを経て結婚生活に入ったためか、予測されていたかのように、二度の「離婚の危機」を経験した。大変恐縮ですが、詳細の一部については、前著を参照して頂きたいと思う。

さて話を本題に戻すが、私はどちらかと言えば、ポジティブ志向の人間である。若い時から、何事にも積極的に挑むことで、わが人生を突き進んできた。しかし、女性とのお付き合いだけは、どこか腰が引け、遠慮しがちだった。これは、おそらく、明治生まれの厳格な亡き父母の影響が少なくなかったと思う。特に、女性とのお付き合いは、非常に厳しかった。

現下の携帯電話の普及やＳＮＳなどの通信環境は皆無であった。よって、文字化された「手書きの手紙」、固定電話、駅などに設置されていた伝言板などの連絡ツールを使用することが通例であったように思う。このような数少ない連絡手段を通じて、「恋愛」を無事に成し遂げた人たち（カップル）は素晴らしい人生を描くことができたであろうと思えてならない。これは「嫉妬」という心理的葛藤でも、リスペクトでも、意思の脆弱性などで論ずるものではないと思う。

またも少々脱線したが、本題に戻ると、私が現在も趣味としているのは、クラシック・コンサート鑑賞、歴史ゆかりの地への散策、草花（植栽を含む）鑑賞、家庭菜園、街角やデパートウオッチング、ジョギング、剣道の稽古などである。

特に、この中でも、クラシック・コンサート鑑賞は若い時、日本のフルート奏者の第一人者の山形由美さんの演奏に魅了された。事前にチケットを予約し、仕事帰りに都内にあるサントリーホールに出向き、鑑賞させて頂いたのが最初である。

本当に嬉しかった、思い出深いものがある。そして、あのコンサート会場を出て星空を見上げた時、フルートの音色の余韻が残り、地を這うように働かなければならない日々の生活に、どれほどの勇気と感動を与えて頂いたか、今でも心から感謝したいと思った。

当時の社会情勢を踏まえると、政治的にも経済的にも混迷を深め、街角や駅などでは、左翼や右翼の団体、その他の政治団体などのアジ演説が頻繁に行われていた。どことなく悶々とした、どこかやるせない世相であり、つらい日々であった。それがゆえに、尚更、このような感傷にひたったように思えてならないのである。

これらの心の苛立ちを少しでも軽減すべく、私はクラシック・コンサートなどに救いを求めていた。その最初のきっかけを作っていただいたのが、山形由美さんのフルート演奏であり、その音色の〝美しさ〟に、いつも癒されたことは、今なお、楽しい思い出として脳裏を掠める。今でも「ありがとう!!」と感謝したい気持ちでいっぱいである。
　またそのお陰で、数多くのアーティストに出会い、主として、フルート演奏をはじめピアノ・チェロ・ヴァイオリン・ギター・マンドリンなどの演奏の鑑賞、ソプラノアーティストの歌曲鑑賞、そして各交響楽団演奏などのコンサートにも足を運び、心の拠り所としてきた。今も機会を見て、「心」の拠り所を求めて、一人でコンサート会場に足を運ぶこととしている。

　ここで、少々恥じらいはあるが、インドア派の妻に触れたい。現在、派遣社員として近郊の会社で働いている。それまでは、専業主婦として、家を仕切り、三人の子供（男の子）の面倒をみて、亡き義父母の介護に奔走してきた。今では三人の子供たちも無事成長して、それぞれの思い描いた道に進み、社会人として羽ばたいた。

なお、長男は本年九月に憧れの女性と結婚し、新たな生活を始めた。親としては、安堵しているところでもある。なぜなら、長男坊は「お父さん！　僕は一生結婚なんかしないよ!!」と言い張っていただけに、親としては感極まるものがある。また、私は子供との会話の中で、「自分と価値観があい、理想を描いていた女性との出会いがあった時には、容姿にとらわれずにそのチャンスを逃すことなく、二人の出会いを大切にして、幸せな家庭を築いて欲しい」というメッセージを、幾度となく伝えていたのは事実である。このメッセージが、長男に伝わっていたかは定かではないが……。新たな家族の一人が増えたことは、嬉しく、幸せなことでもある。

ここまで、妻のパーソナリティーについてお話ししたが、現今のジェンダー平等の観点を踏まえると、女性蔑視と捉えられかねない話だったかもしれない。但し、これらのことは、女性全般についてではないことをお断りしておきたいと思う。

さて、「妻」の人柄について話を戻そう。

何でも一人で「決心」「決断」するタイプであり、あまり人からのアドバイスも受けない。

例えば、旅行先でも一人つかつか速足で歩いて行く。年を重ねた私にはシンドイ面もあった。最近では旅行にも一緒には行かず、家でゆっくりするのが好きである。この傾向は、日々の日常生活でも同じである。例えば、食料品などの買い物に行っても、すぐ家に帰ってくる。途中で、喫茶店などで一息つくことなどは皆無である。また、都内や近郊のショッピングセンターでウインドーショッピングなどのトレンドな情報収集も一切しない。ましてや、コンサート、美術館巡り、映画・演劇鑑賞、スポーツ観戦なども一切行かない。年間を通しても、気の合う友達と一緒に食事なども殆どしない。無駄なお金は一切使わない。また、私が好きな食べ物や家電製品などを勝手に購入してきたものなら、怒り心頭である。要するに、妻は自己意識を高めること（例えば、ショーウインドーを見ること、鏡を見ることなど）に乏しいのではないだろうか。

前著でも書いたが、私の若い時代には、経済的にも日々の生活にも負担を強いられ、食べるものも儘ならず、艱難辛苦の時代を生き抜いた自分にとっては、非常につらい日々の連続でもある。

正に、妻は典型的なインドア派であり、ネガティブ志向の女性である。やはり、育った環境により、学問や読書などへの情熱、人との接し方、コミュニケーション能力、問題意識などに私との乖離がある。これらは、強制するものでもなく、自らが会得するものであり、私には致命的であるとも感じてならない。

また、私が日常惹起される問題と行動には、すべて反対または拒否することも多々あることは事実である。これらは特に、妻が年を重ねるごとにエスカレートしてきていると思えてならない。

今では、年齢の差（十歳以上）を含め、すべての価値観が相違していることを認識している。

よって、私はこれまで歩んできた人生を真摯に受け止め、ストレス発散としての趣味、すなわち、読書、クラシック鑑賞、コンサート、史跡巡り、スポーツ観戦、ジョギングなどによる〝自然〟との対話、気の合う友人とのコミュニケーション、偶には何かを成し遂げた時の「自分」へのご褒美などに心がけ、常識人としての向上心を養いながら、アクティブなシニアとして、悔いのない余生を生き抜こうと思っている。

そして、今後も自分の余生を考慮する時、「家族」としての最大のリスクともなり得る、第三の「離婚の危機」、つまり下流老人になることだけは回避したいと願うのみである。

さて、このように「静的」（ネガティブ志向）と「動的」（ポジティブ志向）な生き方を、自分の性格と相反する価値観を有する伴侶との関係性と対比しながら考えてきた。これらの相反する性格の者同士が結婚という形をとった時、短絡的に「離婚」という最悪のプロセスを辿るのか、それとも、お互いがその性格を少しでもわかりあいながら、そして少しずつ時間をかけながら、共同生活を営んでいくかは、当事者にしかわからない「悶々とした」ものがあるものと言えよう。

私の過日を振り返ると、やはり、後者の選択肢を選び、これまで「夫婦」として、お互いが歩んできた。少なくとも、私は妻が、亡き両親と三人の息子のために、日々献身的に愛情を注いできたことは理解できているつもりである。また、わたくしは、同居していた亡き両親は、地を這うように働いてきた。このように、過酷な日々を生きた二人の姿（亡き父母）が目に焼き付いている。そして、亡き父母は、亡くなるまで献身的に、M家を守ったことが不憫でならなかったからである。よって、最大の要因は、後者としての三人の子供たちの将来の不安と恐怖などを残したくなかったからである。

しかし、一度亀裂の入った夫婦関係を修復するためには、相当なダメージを受けたメンタル面での回復には複雑なものが去来する。今でも、非常に「シンドイ」日々の連続である。

このように私は、「静的（ネガティブ志向）」「動的（アクティブ志向）」なものが混在し、当時の社会情勢を踏まえると、「負の連鎖」を繰り返し、最悪のシナリオを迎えることに、疑心暗鬼を抱いていた。一種の「不協和音」が働き、「個」の力を引き出すだけの力が脆弱であり、そのリスク管理と相手を理解するだけのキャパシティーが欠如していたのかもしれないと、昨今つくづく思う。また、この思いは、気づかされたことの最大の証《あかし》と思えてならないのである。

第四章　勝ち組、負け組の生き方

「勝ち組」とは人間がそれぞれのおかれた人生の中で、自分の努力によって、地位や立場を揺るぎないものにし、「家族」にとっても、「幸せ」な日々を送ることができるサクセスストーリーと捉える。

一方、「負け組」とは人生を無為に過ごし、そして努力することもなく、何事にも漫然と暮らし、そして、悔いるだけの単調な人生を送った人たちと捉える。

これらの捉え方は、あくまでも私見であり、様々なご意見に異議を唱える気持ちはなく、傾聴したいところでもある。

ところで、私のような年を重ねた者は、壮烈極まる過日の日本社会の「競争社会」に生きてきた。例えば、「学び」の点では、少しでも良い（偏差値の高い）高校、大学に入学して、試験では誰よりも多くの「優（今の評価で言えばSとか5か）」をとること。そしてそれにより、誰よりも優秀な成績を収めて、「働く」

場としては名だたる大企業に就職して、海外赴任して、より高い地位に就くことでもあった。その地位を築くことによって、大卒以上の優秀な女性と結婚し、「幸せ」で「安定した生活」を送ることができるという「教育」「躾」などを受けてきたのである。

この良し悪しは別として、とにかく、私も二度の手術と循環器疾患、そして生活習慣病などを経験するも、何事にも屈することなく、「定年退職」を迎えることができた。重複するが当時の時世では、よかれあしかれ、一つの職業（企業・行政機関など）を「やり抜く」ことが勝者と言われた。

そして、日々「働け！　日本」という掛け声の下、地を這うようにして「働く」ことが、何よりも会社・組織などへの貢献であり、正に、半ば自己犠牲の精神であったように思う。現今であれば、半ばナンセンスと捉えられるかもしれないが……。これらに乗り遅れ、脱落する者への救いの手は及ばず、つらく、苦しい悶々とした日々の連続であった。これが、過日の高度経済成長を象徴するものであったように思う。

よって、このレールから外れた者が、「敗者」への道を歩まなければならなかった。今では、〝叶う〟であろうかも知れない「敗者復活」への道は閉ざされていたのである。何よりも「個」の強さのみが、重んじられていたことに後顧の憂いを感じてならない。

このような時代背景を踏まえて、私も一生懸命に学問に励み、地を這うようにして日々働き、「家族」「亡き両親」を扶養してきたことは事実である。その結果、前述したような「勝者」なのか「敗者」なのか、どのカテゴリーに属するかは未知数である。

また、当たり前と言われるかも知れないが、私もこのような「競争社会」を生き抜き、やり遂げたことは事実である。今では、「安堵感」でいっぱいでもある。そして、わたくしたち家族を支えてくれた、大きな組織に「ありがとう!!」と感謝したい気持ちでいっぱいでもある。

ところで、過日、何度も読んだ国際ジャーナリストの落合信彦氏の書『これからの「勝ち組」「負け組」逆風の時代に成功する条件』の一部をご紹介したい。それによると、第五章「独立を達成するための20のヒント」の中の十七番目のヒントとして、「ネガティブな言葉を使うな」の一節に出会った。

このように、ポジティブな言い方ができる人は、それが一つの武器になる。官庁や大企業では、言葉はただの記号であることが多い。しかし、商業活動の現場では、使い方一つで毒にもクスリにもなる。

ならば、絶対クスリとして使うべきである。

また、同章の20のヒントとして「イスに座り続けるのを恥と思え」には、

何があっても耐えて耐えて耐え抜くのだ。朝のこない夜はないと信じて……。

それをできる者だけが「成功の甘き香り《——スイートスメル・オブ・サクセス——》」に辿り着けるのである。

このような興味深い落合信彦氏のフレーズが脳裏を掠めた。そして、私もこの落合信彦氏を「範」として、これまでの人生を歩んできたのかも知れないと思った。

これまで私は「競争」というものを、日常生活を送る中での内部派生的かつ外部的な側面から述べてきた。

次に、一度、視点を変えて「創造的破壊」という概念から、「競争政策と産業政策は両立するのか」という点を踏まえて、「競争」というものを捉えている最新の研究者の見解について、共感する部分があることから、次に紹介したいと思う。

それは、次項でも取り上げるものであるが、『創造的破壊の力　資本主義を改革する22世紀の国富論』である。

同書の「第4章　競争はほんとうに望ましいのか？」の冒頭に、次のように書かれている。

競争にはどうやら2つの顔があるらしい。一部の人は、競争とはつまるところ模倣のプロセスであり、発明者の利益を侵食するという。この見方に従えば、競争はイノベーションの意欲を挫《くじ》くということになる。まったく逆に、競争とはよりよいものを効率よく生み出すことを促すと考える人もいる。この見方では、いまトップの座を占めている企業でも、さらにイノベーションを創出しないと脱落する。この2つの作用のどちらが実際に支配的なのだろう。（中略）具体的には、競争と新規参入を阻むのではなく促すような産業政策は可能なのだろうか。これらの疑問に取り組むには、まず競争をどう計測するかを理解する必要がある。

（中略）

本章では、競争とイノベーションの関係を論じた。一般には、競争はイノベーションひいては経済成長を促す効果がある。ただし、技術の最前線にいる企業にとってはプラスになっても、後方に取り残された企業にとってはマイナスになりがちである。この章では、アメリカの経済成長の鈍化を競争の衰退で説明することも試みた。続いて、競争と知的財産権保護政策は相互補完的な関係にあることを示した。さらに、競争と適切に設計された産業政策はけっして両立不能ではないことを論じた。（後略）

同氏のこれらの「競争」概念の捉え方は、これまでにない斬新な研究で、私も非常にインパクトを受けたものであり、一石を投じたものと言える。

第五章　一歩先を読む生き方

これまで生きてきた人生の中で、現役時代、そしてリタイア後を含めて、「一歩先を読む」生き方をしてきたかについては、疑問符の付くところである。現役時代は、大きな組織で、日々、歯車の如く働き、眼前のあらゆる事象などに向き合いながら、精一杯働き続けた。若い時ほど、振り返る余裕は少なかったように思う。しかし、年を重ねるにつれて、様々な立場で、事に対処した。そして、「一歩先を読む生き方」が如何に重要であるかを肝に銘じた。

しかし、その結果、様々な問題と遭遇し、異業種の人たちとの出会いにより、人間にとって大切なコミュニケーション能力を磨いた。同時に、相手との交渉術も学んだ。そして、仕事もプライベート面でも、家族との「対話」の中でも、「一歩先を読む生き方」が、如何に大切であるかを学ぶことができた。

これは、リスク管理上も大変重要なことでもあると思えた。例えば、殆どの企業、組織において、新たなプロジェクト案件の中では、トップダウン的な発想により、事に対処することが多いものである。それは、管理者として、最初のミッションと方向性を示し、指揮することは基本と言える。また、組織を維持していくうえでは当然のことでもある。しかし、案件によっては、ボトムアップ的な発想を初期段階から取り入れて、「柔軟」に対応していくことも大事であることも経験した。というのも、上から目線の型にはまったマニュアル化された発想よりも、多様で多角的な若い人たちの思考が、新たな発見や対応策を見出し、イノベーションなどを起こす「きっかけ」を発現することができるからである。

これらを踏まえて、「一歩先を読むこと（生き方）」が、「理」にかなっていることもあると思えるからである。

そのためにも、前述したように、様々なジャンルの書籍、雑誌、ジャーナル誌などを読み、人の意見に素直に耳を傾けると同時に、批判的精神も養うことが肝要である。また、あらゆる情報をインテリジェンスな観点から咀嚼かつ分析して、ケーススタディに努めることが重要である。更には、すべての角度から、知識を深め、集約することにより、多様な「風通しの良い職場」とするためにも、「一歩先を読む生き方」は重要なことであると悟った。

第六章　想定外を「仮定」した
リスクマネジメントとしての持続可能な生き方

想定外ということは、ご承知のように、一般的には、今まで経験したことも、遭遇したこともない事象である。

例えば、近年で言えば、未知であった「COVID−19」の出現、気候変動による温暖化現象、想定を上回る台風や大雨による洪水の被害（河川の氾濫、土砂崩れ、土石流、家屋・橋梁の倒壊など）、大雪、また、竜巻現象、3・11東日本大震災に見る想定外の「津波」の高さなど、わたくしたちを取り巻く環境の中で起こりうる想定外の事象などは、枚挙にいとまのないほどである。

また、人権、差別の撤回、CSR、ジェンダー平等、LGBTなどの理解など、国内外においても企業と行政などを中心に持続可能な開発目標（SDGs）、環境保全としてのESD（持続可能な開発のための教育）などの最終ゴール目指して、日本を含む各国がこれらに対処すべく解決策へ向けて、必死に奔走しているところである。

ところで、ＳＤＧｓやＥＳＤは、「家族」と「家庭」というあり方にも、一石を投じている。例えば、家庭で出すゴミ処理やお店で貰えたレジ袋使用問題、更には、油脂などの排出削減や不法投棄されるすべてのゴミ問題などである。これらの課題は教育と環境問題の各分野に、深刻な影響を与えていることは周知の事実であると言えよう。

このように、これ以上の環境破壊をなくすためにも、わたくしたちには、後世に悪しき被害による損害をなくすためにも、抜本的な解決策を目指し、段階的に、しかし早急な課題解決の必要性が喫緊の課題であると思えてならない。

また、これらは様々な社会課題としての問題提起をしている。前著でも触れたが、団塊世代の高齢化、それに伴う医療費の負担軽減、更には、少子化に伴う「核」家族の問題、教育費の負担軽減、年金問題、農漁村における高齢化、エッセンシャルワーカーの雇用の在り方など、これも枚挙にいとまがないほどである。巷間では、「人生100年時代」と叫ばれているが、介護費用や保険料の負担増加など、老若男女問わず、日々の暮らしの中で、生活していくうえでも、大きな負担となっていることは明白である。

次に、私の持続可能な「家族」の在り方は、前著でも述べたように、予測外の「異母兄弟による家族破壊」がなされた。その結果、私の家族は行き場を失うような深刻な事態に陥ったのである。すなわち、それはM家の後継者の問題、お墓の管理問題などへと発展するのである。結局のところ、悪辣な兄ら三名による野望は、見事に打ち砕かれたが……。今なお、異母兄弟による、わたくしたち家族への嫌がらせは続いている。一日も早い安寧を取り戻し、日々の平穏な暮らしを取り戻したいと願うのみである。

ところで、前述した私の家族問題を含め、持続可能な社会を目指すうえで、最近読んだ書籍の中で、最も印象に残ったものを、次に紹介したい。

それは、前項でも取り上げた『創造的破壊の力　資本主義を改革する22世紀の国富論』である。

この著書の中の「第11章　創造的破壊、健康、幸福」、この中でも特に、「創造的破壊と幸福」の項で述べられている「理論から予想されるのは」に非常なインパクトを受けた。

創造的破壊の第1の影響は、雇用の破壊である。（中略）世論調査で生活満足度への短期的な影響が最もよく表れたのは、日常的に感じるストレスについての質問だった。

創造的破壊の第2の影響は、雇用の創出である。（中略）この「創造」効果は長期的に生活満足度を押し上げる働きをする。

第3の影響は、イノベーションによる成長率の押し上げで、こちらも長期的な性格のものである。これは将来の所得増につながると期待できる。

以上の3つの影響から、データで検証可能な4つの予想を立てることができる。第1は、創造的破壊は失業の恐れを生み、ストレスと不安を高めること。第2は、創造的破壊は成長と雇用の創出につながるので、生活満足度を押し上げること。第3は、先にマイナスの影響が表れ、後に長期的なプラスの影響が表れること。そして第4は、失業に対するセーフティネットが整備されていれば、生活満足度に及ぼす影響は全体としてプラスになることである。

本項を考える上でも、「創造的破壊」の重要性を、改めて認識したものである。

①新型コロナウイルス（ＣＯＶＩＤ−19）の出現による生き方

ＣＯＶＩＤ−19については、前著とこの章においても書いていこうと思う。

人類史上類にない新型コロナウイルスによる感染拡大は、時間的猶予もなく、中国本土を起点として、全世界に広まり、人類を疲弊のどん底に落とし込んできた。そして、アメリカ、ヨーロッパ、南米、特にブラジルなどを主として、際限のないほどの死者数を出している。今もなお、その病魔と闘いながら日々の生活を強いられている事態は、非常に驚異的なものでもある。因みに、現在の世界の新型コロナ感染者数は、六億五三八三万一〇二〇人、死者数は六六六万七六二三人に達している（二〇二二年十二月二十日午後五時現在、朝日新聞朝刊調べ）。

ところで、新型コロナの感染が爆発的に広がった「中国」では、あの頃、コロナによるとみられる死者数が増え続けていた。北京では火葬場の予約が埋まり、「お別れ」が滞る事態も始まっていた。基礎疾患のある高齢者を中心に息を引き取る事例が次々と起きていたが、政府の統計ではコロナによる死亡とは数えられていないようであった。

二〇二二年十二月二十日付の朝日新聞には、同国の葬儀社の関係者への取材記事が載っていた。火葬場は予約で埋まっており、今月三十日まで空いていない。ここ一週間ほどで、葬儀社に運ばれてくる遺体の数は五倍以上になっている。上海市でも二十三日以降しか予約できない例がある。なお、中国政府は六日、コロナ感染が直接的な死因とする場合の条件を限定する通知を出した。既往歴のある人が感染後に亡くなったケースの多くは数に入らなくなっている模様である。

この記事から言えることは、独裁国家によって、各種情報などが閉ざされ、統制されて、「感染罹患率」の「数」の制御が行われているということである。そして、国民は正確で信頼できる数字などが把握できず、その置かれている現状を把握できないことは、慙愧の至りである。また、国民にとっては、「不安」と「恐怖」を募らせ、非常な「苦痛」を伴う「戦慄」を覚えるばかりである。このような暴挙ともとれる行動は、独裁国家特有の特徴とも言えよう。民主主義国家「日本」では、絶対にあってはならないことである。

次に、この記事から伺い知ることは、コロナの感染者が死亡した時の「遺体」の扱い方である。中国というアジア圏の国家としての「死生観」が諸外国の一部エリアと違い、火葬場が見つかるまで長蛇の列が出るほど、「荼毘《だび》に付したい」というご遺体に対する畏敬の念が強いものがあると思える。また、中国におけるコロナ死急増に伴うも、火葬場の列が映す背景には、北京におけるように火葬場の予約が埋まり、お別れが滞る事態も始まっているとの報道もなされている。

当時のコロナ禍において米国、欧州、ブラジルなどでは、荼毘に付することもなく、無残にもご遺体を街のどこかの空き地や公園などに穴を掘り、いとも簡単に土葬として葬ってしまうことは、正に、ご遺体に対する畏敬の念が欠落していると思えてならない。

多数の死亡者が出た場合における「埋葬の在り方」も、改めて、再考することが重要であると思う。当然のことと言えるかもしれないが、死者数が増えた場合を想定した場合のリスクマネジメントは喫緊の課題でもある。

また、わが国内に目を転ずれば、同ウイルス感染者数も大小の波を繰り返しながら、遂に第8波の領域に達してしまった。現在の国内における感染者数は、二七二〇万九五三六人、死者数は五万三五〇七人に達している（二〇二二年十二月二十日午後五時現在　朝日新聞朝刊調べ）。

なお、コロナウイルスの出現から、日本においては本年で約三年が経過した。この過程において、わたくしたちの生活面では、マスク着用、消毒、手洗いの励行、うがいなどが日々、どこにいても習慣化するようになった。一方、外出時のソーシャルディスタンスの確保、パーティションの設置、黙食の励行。更には、会社通勤時の時差出勤、在宅ワークの工夫、ＺＯＯＭ会議、テレワークの推奨など、コロナ対策においては個々人の働き方において、それぞれのメリット、デメリットを含めて、老若男女を問わず、その感染拡大防止対策、予防対策が取られてきた。これは勤勉で、真摯な姿勢、更には、他者を思いやるという、日本人特有の古からの「仁」「徳」のパーソナリティーにある、と私は思えてならない。

このように私たちの生活様式や形態などは、これまでのような「日常」の生活スタイルから、「非日常」の生活スタイルへと一変しなければならなくなってしまった。要するに、社会としても、個々人にとっても、「変化」に対応できる「知」の集積が必須であると思えてならない。おそらく誰しもが、このようなコロナウイルスに対抗するための「知」の集積とは「何を意味するのか」との疑問を抱かれることと思う。

私なりに考えてみると、今までの経過を踏まえると、それは科学的見地に立った「知」の集積と思えてならない。なぜなら、この対抗手段としてのゲームチェンジャーとしての「ワクチンの開発」「新薬の発見」などにより、更なる段階的なワクチン接種を通して、人間の「命」を守ることが少なからず「可能である」ということが立証された。まだまだ、新たな変異ウイルスに対抗していくためには、予断を許さない状況ではある。

しかし、科学的で医学的根拠に立ったワクチンと新薬の開発は人間が「生きる」ための証《あかし》を示してくれているように思う。今こそ、政府には一日も早いコロナウイルスの収束と出口戦略への「知」の集積による打開策を見出して頂きたいと願うのみである。

　また、コロナウイルス対策に尽力して頂いている医療従事者、看護師、更には、救急隊の隊員の方々、すべての職種のエッセンシャルワーカー、ライフラインに従事している方々などの自らの「命」を賭して、日々の「不眠不休」の職務遂行には、心から「ありがとう!!」と感謝したい気持ちでいっぱいである。

②新型コロナウイルスと法学

次に、過日学んだ「法学」という観点から、『新型コロナウイルスと法学』という特集を組んだ「法律時報」（増刊）の論稿の中から、一部紹介したいと思う。

(ア)「匿名の権力——感染症と憲法」江藤祥平

（４）集団免疫の獲得と個人の尊厳

微妙なのが、今回のケースのように感染率も死亡率もそこそこに高い感染症の場合である。この場合に完全制圧と集団免疫のどちらに引きつけて考えるかは難しい問題である。この点でスウェーデンは、必ずしも集団免疫の獲得を目指したものではないとしつつも、経済活動を停止させることなく、自発的な社会的隔離の実践を通じて終息を目指そうとしている。もしこの対策を取ることが合理的であるなら、営業停止よりも制限的でない他の手段（ＬＲＡ）が存在することになるため、大規模な営業停止措置は憲法違反とされる余地が出てくる。

このスウェーデンモデルを憲法との関連でどう評価するかは難しい。経済活動を止めないとなると、短期的には感染者数・死者数の増加幅はロックダウンに比して大きくなる。そのこと自体は長期戦を見据えたときに織り込み済みの犠牲といえようが、問題は今回のケースの場合その犠牲が重症化しやすい高齢者に不可避的に集中する点にある。このように特定個人に対し重大な健康被害を受忍させる政策を採ることに、憲法上の問題はないのか。もしそれが個人の尊厳や平等原則の観点から問題であれば、たとえその政策が結果として多くの人命を救い出せるとしても、それを人権制限の度合いが低い手段と一概に位置づけることはできないであろう。

（中略）

以上を踏まえると、特定個人の重大な犠牲の上に成り立つ政策であっても合憲とされる余地は否定されないが、新型コロナウイルスのように、死亡リスクが低くない上に、高齢者に犠牲が集中するような場合、合憲へのハードルは相当に高いとみられる。まず前提条件として、政府は国民に対して、その政策を採用することを明確にし、それに伴うリスクを明確に説明する必要がある。その上で、高齢者にリスクが偏ることが具体的に予見される以上、政府は医療資源を集中的に投下して、そのリスクをできるだけ抑え込む努力をする必要がある。かかる努力を怠って多大な犠牲を生んだ場合には、政府の行為は平等原則（憲法14条）に反するというべきである。

（イ）「新型コロナウイルス感染症：〝COVID‐19〟の科学論 ――「疾病の認識」と「専門家の役割」」 神里達博

（2）COVID‐19と専門家の役割

まず、「サウスウッド委員会」と比較すると、新型コロナウイルスの「専門家会議」のメンバーとして、適切な専門家が選ばれているのか、という疑問がわいてくるであろう。

この点を厳密に検証するのは、将来的な課題になるだろうが、少なくとも設置当初は、ほとんどが医学と公衆衛生の専門家だけで構成されていたことを指摘できる。専門家会議に期待されている複雑な課題に対処するには、少なくとも、リスク論、コミュニケーション論、経済学、医学史、科学技術社会論など、さまざまな専門家が加わることが必要であったと考えられる。

おそらく、そのような多様な専門家が十分に加わっていないこともあってか、専門家会議の委員の一部は、やや前のめりに国民の疑問に答えようとするような姿も見られた。これは専門性の観点から心配になる面もあるが、より注目すべきは、自覚的であるかどうかは別として、科学の専門家が実質的には政治的な決定を担ってしまう可能性であろう。仮に実際にそうだったとすれば、結局のところそれは「科学の仮面を被った政治」というべきものだ。逆にいえば、本来は行政自身が果たすべき役割を、適切に果たしていないということの証左でもある。専門家会議の「越境」はそのような行政の不作為の問題を、隠蔽する作用を持つ。

（3）トランスサイエンス的問題としてのCOVID-19

このように考えていくと、専門家は自らの専門性の範囲内だけで、活動すべきであり、また政治と科学は峻別されなければならない、と考える人も少なくないだろう。しかし残念ながら、その見方だけでは、問題解決には至らないと考えられる。なぜなら、これはかなり古典的な科学観に基づくものだからである。では、私たちは、どのように考えるべきなのだろうか。

１９７２年、原子力工学者のワインバーグ（Weinberg. A.M.）は、「科学によって問うことはできるが、科学だけで答えることができない問題」として「トランスサイエンス（Trans-Science）という概念を提示した。これは問いの形式としては一見科学的な問題に見えるのだが、それへの応答には、価値判断の問題や、倫理、社会的な合意、政治的な合意などが不可避に関わってしまうため、いわゆる科学や技術の専門家だけでは結論を出せない問題群のことである。上述のBSE問題もこの種のカテゴリーに入るべきものであり、また地球温暖化対策、生殖補助医療、最近では自動運転、など、この種の境界的な問題が増加しつつある。

先ほどから議論してきた「越境する専門家」の評価についても、この概念を踏まえて議論することで、見通しが良くなる。まず、新型コロナ感染症への対策は、明らかにトランスサイエンス的課題であって、そもそも、価値の問題（政治）と、事実の問題（科学）が、全体としても、またミクロな個別の判断においても、混じり合っている。このような複雑な問題を理解するためには、さまざまな専門知が必要であると同時に、その政治性についても私たちは最初から目配りをして、制度を組み立てるべきなのだ。

残念ながら、現代の政治空間においては、トラスサイエンス的な問題について適切に対処するための制度は、未整備であると言わねばならない。これは、日本だけが極端に遅れているということではないが、とりわけ欧米諸国に比べると、専門家は客観的で科学的な議論ができるはずだし、そうすべきだという「常識」が、より浸透しているようにも思われる。

以上、お二人の寄稿された研究成果としての「新型コロナウイルスと法学」に関するコンテクストには、非常に同調するものがあり、私も共感を覚えるものである。

この項の最後に、最近読んだ朝日新聞の「論壇時評」に寄稿された「コロナ下の生き方」に関する興味深い記事の一部について触れてみたいと思う。

それは、昨年末に、八十八歳になられるお父様が倒れられ、入院を余儀なくされ、コロナ対策で面会禁止に遭遇された東京大学大学院教授の要職にある林香里さんの大変貴重なコロナ下の家族としての「生き方」の論評である。
私は林教授の寄稿文に涙腺が緩み、非常に感銘を受けたことから、一部を引用し、皆様に紹介させていただく。そのタイトルは、「コロナ下3年の人権　よりよく生きる　求めていい」（朝日新聞〈論壇時評〉２０２３年1月26日付）という寄稿文である。できれば是非全文を読んでいただきたい。

最初に、林香里教授はこの寄稿文で、昨年末、八十八歳の父親が倒れられ、入院するもコロナ対策面で面会は禁止となり、会うことができないもどかしさと悲痛の念などを、娘さんの立場を交えて述べられている（大変僭越ではございますが、林教授のお父様の一日も早い快復と対面での面会の実現を祈りたい気持ちでいっぱいです）。そんな当事者として林教授が注目したのが、岸田文雄首相が一月二十日、新型コロナウイルスの位置付けを、感染症法上今春より「２類相当」から季節性インフルエンザと同じ「５類」に引き下げる方針を示したというニュースからである。

ところで、コロナ下と時代背景は異なるものの、私も過日、亡き父母が長期の入退院を繰り返し、夜を徹するような看病が続き、早朝に病院から会社へ出勤した時のことが頭を過った。私は看病の日が続くにつれ、限界を感じていた。しかし、ある日、亡き母が、病床で苦しんでいる姿を見て、〝ゴッツイ〟自分の手で亡き母の痛いところの部位を優しく擦ってあげたことがあった。その時、亡き母が「賢一よ……ありがとう。少し痛みも和らいだよ……」とやせ細った笑顔で、小声で、私に言ってくれた。これが小生の数少ない亡き母への孝行の一コマであったように思う。それを今でも鮮明に覚えている。

さて、この林香里教授の寄稿文の中で、林教授は、

日本では病院や高齢者施設での面会は今も厳重に制限されている。聞いてはい

たものの、自分の家族がこの状況になって、改めてその厳しさを知った。病院は、感染拡大防止対策を講じつつ、患者のケアをし、さらには家族への説明もしなければならない。のしかかる過重な労働と努力には感謝と敬意しかない。（中略）今後、面会のあり方は変わるのか。

こうした対策を決めるにはここまでの3年間に蓄積された科学的・医学的知見が欠かせないが、日本ではそれが政策へと生かされにくいという指摘が目に付く。

と述べられている。

また、水際対策、葬儀の現場における葬儀業者の対応などを含めても、

ここまでのさまざまな事例を総合すると、政府の感染症対策は、効果の検証もされぬまま、市民に対して十分な説明責任を果たせなくなっている。政策の法的・科学的根拠が薄弱になればなるほど、市民とりあえず慎重に慎重を期すという姿勢で忍従するほかなくなる。

とも指摘なされている。

次に、このような中で、その時々の感染状況を見極めながら、対面の面会を極力継続してきた東京・日の出町の特別養護老人ホーム施設長、古山雄一さんの実践を読んで、

古山さんは、家族を引き離すことは人権侵害だと明快だ。「そんな権限は私たちにはない。生きる充実感を持ってもらうため、知恵を絞る努力が必要だ」と語る。なるほど、原点に立ち戻れば、感染症対策の多くは、私たちの基本的人権を制約するもの。だから軽々しく決めてはいけないし、なにより、命を守るための当座の措置でしかない。

とも述べられている。そして、

ここまでの日本社会のコロナ「対策」は、ふわっとした相互監視や、理不尽な我慢の強要といったものが多すぎた。私たちは政府に対して説明責任を果たすことと、そしてなにより「ウィズコロナ」の中でよりよく生きる権利を、もっと強く要求してもいいのではないか。

と結んでおられる。

このような林香里教授の寄稿文は、コロナ下でのライフスタイルの中で「生き方」に貴重な警鐘を鳴らしているものと確信する。この林香里教授の「論壇時評」から、学びかつ教訓を得たことは、「コロナ下の3年の人権」を取り戻し、「よりよく生きる」ために、私達国民は政府に対しては勿論、すべての働く職場においても、「よりよく生きる権利」をポジティブに求めるべきであるということに思えてならない。

そのためにも、「生きるとは何か」を問い、これまで生きてきたことの「証」としての「個」としての強さと弱さを、再度、検証することが肝要である。このような立ち位置に立って、初めて、林教授のおっしゃられる「コロナ下でよりよく生きる権利」が一段と輝きを増すものとなるのではないのだろうか、と改めて思う。

林香里教授の「論壇時評」は、コロナ下における父様の入院に伴い、面会実現不可能なことを通して、「ウィズコロナ」の下で「よりよく生きる権利とは何か」そして、それを求めていくにはどうすればよいかを問う、非常に多くの示唆に富んだものと言える。よって、大変貴重な林香里教授の「論壇時評」に共感し、敢えて、引用したことを深くご容赦いただきたく存じます。

終章

このたび、前著の『なんのために生きるのか』（文芸社刊）に続いて、その結果として、本書『生きてきたことの「証《あかし》」「個」としての強さと弱さ』をまとめてみた。

前著で述べたように、私はM家の四男（戸籍上は長男）として生まれた。自分が描いていた夢への実現（法曹界への道）に向けて、「臥薪嘗胆」の気構えで頑張っている時に、亡き父母の懇願により、「M家を後継する」という運命をたどった。

しかし、これまでの人生は公私両面に亘って、波瀾万丈で紆余曲折の人生だったと思っている。なぜなら、前著で書いたように、私は様々な要因（例えば、難関国家試験からの離脱、就職、親の介護、昇進、結婚、子供の誕生、生活習慣病の発症、三度の手術、二度の離婚危機の回避、メンタル面へのダメージなど）を、何度も何度も「どん底」を経験しながら、「獅々の子」のように必死になって、日々歯を食いしばって這い上がり、今の自分がある。私は他の人たちより、かなりの「辛酸」を嘗めたと思っている。

一部の人たちには、「このようなことは、誰もが経験し、当たり前のことだ。お前だけじゃない。もっともっと大変な苦労している人たちがいる。甘ったれるな!!」と、一笑に付されてしまうであろうが、私には、本当に心底「シンドカッタ!!」という、これまでの人生であったと思っている。

しかし、これまで、このような艱難辛苦を乗り越えられたのも、亡き父母、家族、親類縁者、大学（院）の恩師、なんでも話し合える医師の友人などの存在、更には、わたくしを取り巻くすべてのステークホルダーが、「己」を鼓舞してくれ、貴重な役割を果たしてくれ、サポートしてくれたものと、つくづく思う。そして、過日を振り返る時、私はすべての人たちに感謝し、何事にも真摯に向き合ってきた結果とも思えるのである。

そこで、あくまでも私見であるが、自分の「生き方」を投影しているかのような、経済的観点（経済システム）からの「ステークホルダー」に関しての、大変希少な一冊の書籍と出合え感銘を受けた。

そのことから、次に、そのフレーズを紹介したい。

その一冊は、最近手にして読破した『ステークホルダー資本主義　世界経済フォーラムが説く、80億人の希望の未来』。著者クラウス・シュワブ氏が、以下の諸点に警鐘を鳴らしていることから、その一部を引用することとする。

利己的な価値観、つまり短期的な利益をひたすら追い求め、租税や規制の抜け道を探す、あるいは環境に及ぼす害を他人事にしながら動く経済を、私たちはもう続けることはできない。それよりも、すべての人々と地球全体のことを考えて作られる社会、経済、そして国際的なコミュニティーが必要だ。もっと言えば、西側諸国で過去50年間の間に広まった「株主資本主義」というシステムや、アジアで台頭した国家の優位性に重点を置く「国家資本主義」というシステムから、「ステークホルダー資本主義」という体制にシフトすべきだ。

そして、同氏は、このコンセプトとして、次のように述べている。

　両システムの欠点を見ると、より良いグローバルシステムが新たに必要だと思える。それが、ステークホルダー資本主義だ。このシステムでは、経済、社会におけるすべてのステークホルダーの利害が考慮され、企業は短期的な利益だけでなく、中長期的な成長を最大にしようとする。政府は機会の均等と公平な競争条件を約束する。さらに、システムがサステナブル（持続可能）であり続けること、そしてあらゆる人を包摂することについて、すべてのステークホルダーが等しく貢献し、同時にシステムの恩恵を平等に受けられるよう、管理する役割をも果たす。しかし、それを私たちはどのようにして実現できるだろうか。それは、実際にやってみると、どのようなものに見えるだろうか。そして、今ある二つのシステムは、どこで道を誤ってしまったのだろうか。

（中略）

ステークホルダー資本主義は、私たちがこれまで見てきた他の資本主義とは根本的に異なり、従来の資本主義の欠点の多くを克服するものだ。まず、経済に利害関係を持っているステークホルダーのすべてが、意思決定に影響を与えることができる。経済活動を最適化する際の評価基準で欠かせないものは、社会により広く利益をもたらすかどうかだ。さらに、ステークホルダーのいずれかが優位になり過ぎたり、支配的であり続けたりできないようにするチェック＆バランスが、ステークホルダー資本主義では機能する。政府と企業は、どの形の資本主義体制においても主役だが、ステークホルダー資本主義では利益よりも広い目的、すなわち社会全体の健全性と豊かさのために、そして地球全体の、将来の世代のために最大限に価値を高めようとする。こうした点から、経済システムとして望ましく、私たちが今後導入すべきなのは、ステークホルダー資本主義だと言える。

更に、クラウス・シュワブ氏は、この成功例として、ニュージーランドの事例を示して、ＧＤＰとの決別を次のように説いている。

教育、医療、住宅といった政治分野に集中的に取り組むことが、ステークホルダー主義の政府にとって重要な成功の鍵の一つであるとすれば、ニュージーランド政府は成功の鍵がもう一つあることを、身をもって示した。この国は、ＧＤＰ成長率という狭い目標を追いかけるのをやめ、その代わりに評価基準をより広く取ることにしたのである。

（中略）

筆者が所属する世界経済フォーラムやＯＥＣＤのような組織もまた、もっと包括的な指標はないかこれまで模索してきた。ニュージーランドはいち早く、ＧＤ

Pの先を行く考えを実際に起用した国家の一つだ。この生活水準フレームワーク（LSF）を見ながらもう少し詳しく説明しよう。そもそも、LSFは、「人々が世代を超えて幸福な生活を送るために必要な要素について共通の理解」を得るために編み出された。この視点に立つと、国民の幸福度はGDP（だけ）では測れるものではない。それには、以下のような国家の四つの資本が関わってくる。

■自然資本：「生命と人間の活動を支える自然環境のあらゆる側面」から成る。「陸地、土壌、水、植物、動物、鉱物、エネルギー資源」などを指す。

■人的資本：それは「仕事、勉強、レクリエーションや社会活動にたずさわる人間の才能や能力」と言えるもので、「スキル、知識、心身の健康」などを指す。

■社会資本：「人々の生き方、協力する働き方に影響を与え、帰属意識を経験させる常識やルール、制度」のこと。「信頼、相互関係、法規範、文化や共同体としてのアイデンティティー、伝統や習慣、共通の価値観や興味」などを指す。

■金融および物的資本：「金融資産と人が作った（生産した）物的資本を含むので、ＧＤＰと最も密接に関連しており、また物質的な生活条件を満たすこととも密接に関連していることが多い」。「工場、機材、住宅、道路、建物、病院や財政的保証」などを指す。

これら四つの資本がまとまって、国民や国全体、そして次世代を担う子どもたちの幸福を支える。そして、これらの資本について今、ニュージーランドがどういう状況にあるかを評価するのに、このフレームワークに加えて、現在および将来の幸福に関する12の領域での、ニュージーランドの実績を示したダッシュボードが用いられている。12の領域とは、「市民活動」「文化的アイデンティティー」

「環境」「健康」「住宅」「所得と消費」「仕事と収入」「知識とスキル」「時間の使い方」「安全とセキュリティー」「社会とのつながり」「主観的幸福感」である。

こうした領域を見れば、私たちが考える公正な繁栄に不可欠な要素とかなり重なることがすぐに分かるはずだ。教育、医療、住宅に関する指標は三つある（「知識とスキル」、「健康」、「住宅」）。他にも、GDPよりもきめ細かい、個人の事情を反映した（「仕事と収入」、「収入と消費」）二つの指標がある。他にも地球のウェルビーイングに関する指標や、個人のウェルビーイング――主観的な要素もあれば社会の相互作用で決まる要素もある――に関わる指標もある。

さらに、特筆すべきことがある。このフレームワークでは調査対象者の豊かさについてはリスクやレジリエンスという側面も含めて考えている。ただし、こういった側面は「変化、ショック、予期せぬ出来事に直面したとき」にしか動かない。残念ながら、まだこうしたレジリエンスを評価するのにふさわしい指標が、このダッシュボードでは見つからない（それでも今回の新型コロナ危機はどうやらリトマス試験紙となり、ニュージーランド政府はめでたくそのテストに合格している)。

このフレームワークとダッシュボードが果たして、ニュージーランド政府が国家とその国民のウェルビーイングを守るのにどれだけ役立っているのか、役立っているならばどこまでできるのかを判断するにはまだ少し早すぎる。このダッシュボードは2018年後半に運用を始めたばかりであり、最初の年次報告が行われたのも2019年12月である。とはいえ、新型コロナ危機でわかったことがあるとすれば、ニュージーランド政府がウェルビーイングとレジリエンスのために取っている総合的な取り組みが目覚ましい成功を収めていることだ。2020年10月の総選挙では、ジャシンダ・アーダーンとその所属政党にニュージーランド有権者の票が集中し、大衆の支持をはっきりと裏付けた。この政党は圧倒的勝利を収めて、この国が1996年に比例代表制を取り入れて以来初めての絶対多数を獲得した。ステークホルダー指向のやり方を目指す政府なら、ニュージーランドの事例は大いに参考になるはずだ。

以上の同氏の主張から言えることは、あくまでも私見であるが、

①そもそも、生活水準フレームワーク（ＬＳＦ）は、「人々が世代を超えて幸福な生活を送るために必要な要素について共通の理解」を得るために編み出された。この視点に立つと、国民の幸福度はＧＤＰ（だけ）では測れるものではない。

②それには、国家の四つの資本（自然資本、人的資本、社会資本、金融および物的資本）が関わってくる。

③このフレームワークでは調査対象者の豊かさについてはリスクやレジリエンスという側面も含めて考えている。ただし、こういった側面は「変化、ショック、予期せぬ出来事に直面した時」にしか動かない。

④とはいえ、新型コロナ危機でわかったことがあるとすれば、ニュージーランド政府がウェルビーイングとレジリエンスのために取っている総合的な取り組みが目覚ましい成功を収めていることだ。

などと言えよう。

参考文献

『創造的破壊の力　資本主義を改革する22世紀の国富論』
フィリップ・アギヨン、セリーヌ・アントニン、サイモン・ブネル／村井章子（訳）
東洋経済新報社　二〇二二年
『これからの「勝ち組」「負け組」　逆風の時代に成功する条件』落合信彦
ザマサダ　一九九八年
『ステークホルダー資本主義 世界経済フォーラムが説く、80億人の希望の未来』
クラウス・シュワブ、ピーター・バナム／藤田正美（訳）、チャールズ清水（訳）、
安納令奈（訳）　日経ナショナル ジオグラフィック　二〇二二年
「新型コロナウイルスと法学」（法律時報増刊）日本評論社　二〇二二年
『怒鳴り親　止まらない怒りの原因としずめ方』土井高徳　小学館　二〇二二年
『ハーバード流交渉術』ロジャー・フィッシャー・ウィリアム・ユーリー／

金山宣夫（訳）、浅井和子（訳）　ＴＢＳブリタニカ　一九八二年
『続 ハーバード流交渉術』ロジャー・フィッシャー、スコット・ブラウン／金山宣夫（訳）、森田正英（訳）　ＴＢＳブリタニカ　一九八九年
『新ハーバード流交渉術』ロジャー・フィッシャー、ダニエル・シャピロ／印南一路（訳）　講談社　二〇〇六年
『「地方創生と消滅」の社会学』金子勇　ミネルヴァ書房　二〇一六年
『コミュニティを問いなおす』広井良典　筑摩書房　二〇〇九年
『科学コミュニケーション論』藤垣裕子、廣野喜幸　東京大学出版会　二〇〇八年
「ＮＩＭＢＹを巡る当事者性の違いによる認識の差と手続き的公正の保護価値緩和効果：幌延深地層研究センターを題材としたシナリオ調査」大沼進、佐藤浩輔、北梶陽子、石山貴一　日本リスク研究学会誌25　二〇一五年
「寄稿ハーバード流交渉術のススメ」外村晃　Nursing BUSINESS　2014 Vol.8
「「地域エゴ」の何が悪いのか？　ＮＩＭＢＹから考える環境倫理」吉永明弘

シノドス　二〇一五年
「NIMBY　米国における公共施設の立地問題」
一般財団法人自治体国際化協会（CLAIR／クレア）二〇一〇年
「NIMBY研究の動向と課題」鈴木晃志郎
日本観光研究学会全国大会学術論文集　二〇一一年
「公共事業における保護価値と受容意識に関する研究」羽鳥剛史、梶原一慶
土木学会論文集D3 68巻　二〇一二年
「一般廃棄物処理に対する住民選好：ライフステージによるセグメンテーション」
小島英子、阿部直也、大迫政浩　計画行政37巻　二〇一四年
「高レベル放射性廃棄物処分に対する問題認識の構造～高知県東洋町の事例における
専門家およびステークホルダーを対象に」
上村祥代、川本義海　計画行政37巻　二〇一四年
『なんのために生きるのか　異母兄弟による家族破壊』見間賢一　文芸社　二〇二二年

おわりに

今回は「生き方」にフォーカスを当て六章に分け、また新型コロナウイルス（COVID-19）の出現による生き方を「新型コロナウイルスと法学」、東京大学大学院教授林香里さんの朝日新聞「論壇時評」などに感銘を受け、考察したものである。

特に、中でもクラウス・シュワブ氏の提唱による「ステークホルダー資本主義」は経済システムの観点からの考察とは言えるが、私の「生き方」に警鐘を鳴らし、賛同するものである。前述した通り、あくまでも私見ではあるがまとめてみる。

・そもそも、生活水準フレームワーク（LSF）は、「人々が世代を超えて幸福な生活を送るために必要な要素について共通の理解」を得るために編み出された。この視点に立つと、国民の幸福度はＧＤＰ（だけ）では測れるものではない。

- それには、国家の四つの資本（自然資本、人的資本、社会資本、金融および物的資本）が関わってくる。
- このフレームワークでは調査対象者の豊かさについてはリスクやレジリエンスという側面も含めて考えている。ただし、こういった側面は「変化、ショック、予期せぬ出来事に直面した時」にしか動かない。
- とはいえ、新型コロナ危機でわかったことがあるとすれば、ニュージーランド政府がウェルビーイングとレジリエンスのために取っている総合的な取り組みが目覚ましい成功を収めている。

これらのことからも、私は「生きてきた証（個の強さと弱さ）」として、検証の道半ばではあるが、「ステークホルダー資本主義」を主眼として、「ウェルビーイング」を掴むメルクマールとしては、前述の国家の四つの資本（自然資本、人的資本、社会資本、金融および物的資本）をベースとして、リスクやレジリエンスという側面も含めて考え、変化、ショック、予期せぬ出来事に直面した時にも動かすことができる「個」としての柔軟でしなやかな「人間の強さ」と「絆」ではないかということに辿り着いたものである。

よって、昨今の多様な社会課題が内包する中で、特に、新型コロナウイルス（COVID-19）下で、おそらく、私たちが遭遇する様々な課題への解決においても、必ずやヒントが得られると思える「生きる『証』」のミッションとして、読者の皆様に少しでもお役立て頂ければ、亡き母と私の家族にとっても望外の喜びである。

また、先般、そしてこのたびの出版（続編）につきましても、文芸社の皆さまの多大なるご尽力を賜り、心から感謝申し上げます。

是非、多くの読者の皆様に、前著『なんのために生きるのか　異母兄弟による家族破壊』に続き、本書をご一読頂ければ幸いです。

令和五年十月

筆者

著者プロフィール

見間 賢一（みま けんいち）

立教大学大学院修了、博士。

MBA取得、英検2級、剣道有段者。

元公務員。

クラシック音楽鑑賞、史跡散策などを趣味とし、現在、学会に所属し、市民委員としても社会貢献活動などをしている。

既刊書『なんのために生きるのか　異母兄弟による家族破壊』（2022年文芸社刊）

生きてきたことの「証《あかし》」 「個」としての強さと弱さ

2023年12月15日　初版第1刷発行

著　者　見間 賢一
発行者　瓜谷 綱延
発行所　株式会社文芸社
〒160-0022　東京都新宿区新宿1－10－1
電話　03-5369-3060（代表）
03-5369-2299（販売）

印刷所　株式会社エーヴィスシステムズ

ISBN978-4-286-24548-5